Heinz Landon-Burgher

Djewels – Schmuckcenter – Antalya

und der „Generaldirektör" Dr. Ates Kaya

Ein Krimi mit realem Hintergrund

Herstellung und Verlag:
BoD – Books on Demand, Norderstedt
Copyright: 2019 Karl Heinz Landenberger
ISBN 978-3-7481-2219-7

Vorgeschichte

Der folgende Krimi ist die Fortsetzung der schon im Buchhandel erhältlichen Kriminalgeschichte „RSD – Reiseservice"
Autor: Heinz Landon-Burgher

Djewels

Dieses Schmuckcenter ist beeindruckend. Allein schon durch die Größe und überwältigende Vielzahl der ausgestellten Schmuckstücke. 400 Verkäufer erzielen einen Umsatz von 500 Millionen im Jahr, wenn man dem Besitzer und „Generaldirektör" Dr. Ates Kaya Glauben schenken darf.

Reiseunternehmen

Viele Reiseunternehmen fahren dieses Schmuckcenter an, TUI zum Beispiel. Es ist das größte in der Türkei. Aber auch das englische Unternehmen Cook fährt seine Gäste dorthin zum Einkaufen, und eben auch RSD, durch das ich in Verbindung mit Djewels kam.

RSD

RSD hat sich innerhalb kürzester Zeit zum größten Reiseunternehmer Deutschlands entwickelt. Mehr als 2 Millionen Gäste buchen ihre Reise über RSD. Ich habe gute Bekannte in Stuttgart, die schon zehn Reisen zu ihrer vollsten Zufriedenheit mit RSD gemacht haben. Ärger wie ich hatten sie keinen, da sie grundsätzlich auf Urlaubsreisen keine Einkäufe machen.

Briefwechsel

Da ich ja von Djewels, wie in der vorherigen Kriminalgeschichte dargelegt, in einer unglaublichen Weise betrogen worden bin, habe ich diese Kriminalgeschichte an die Geschäftsleitung von RSD geschickt, weil ich mir natürlich bewusst war, dass diese Geschichte auch ein schlechtes Licht auf das Reiseunternehmen wirft, wenn es seine Gäste an so ein kriminelles Schmuckcenter führt. Der Geschäftsführer von RSD zeigte sich äußerst kooperativ. Er schreibt: „Es ist uns selbstverständlich ein großes Anliegen, dass unsere Gäste solche Vorgänge bei unseren Reisen nicht erleben. Da wir aber von Ihnen nicht über diese Vorfälle informiert wurden, hatten wir auch keine Kenntnis und konnten somit nicht zeitnah reagieren."

Mithilfe bei der Aufklärung

RSD bietet an, mich gern nach Kräften bei der Aufklärung der Geschehnisse zu unterstützen. Es leitet alle Kaufunterlagen gern an die lokale Agentur vor Ort weiter und wird Djewels bitten, sich mit mir als Kunde in Verbindung zu setzen.

Richtigstellung

In der ersten Kriminalgeschichte gibt es eine Stelle, die zu Vermutungen Anlass gibt, dass das Reiseunternehmen eine prozentuale Provision zu den Kundenkäufen bekommen könnte. Das ist mit Sicherheit nicht der Fall. RSD schreibt: „Verträge über den Warenkauf kommen allein zwischen dem Kunden und dem Geschäft direkt zustande. RSD hat weder auf die Einkaufbedingungen, noch auf einen potenziellen Kauf

Einfluss. Über diese erlangen wir auch keine Kenntnis darüber, ob und in welchem Umfang Einkäufe getätigt wurden. Diese Kritik an meiner Vermutung ist sicher berechtigt. Und auch der Hinweis, dass „Verträge über den Warenkauf allein zwischen dem Kunden und dem Geschäft direkt zustande kommen". Außerdem kann „der Kunde jederzeit selbst entscheiden, ob eine Teilnahme an den Führungen an seinem Interesse ist; ebenso der Kauf der Waren". RSD versichert, dass es keine Kenntnis darüber erlangt, in welchem Umfang Einkäufe getätigt werden.

Pauschalabgeltung

Ich nehme allerdings an, dass alle Reiseunternehmen, die ihre Kunden in ein Einkaufszentrum fahren, mit Sicherheit eine pauschale Abgeltung bekommen. Das wäre auch nicht mehr als recht und billig. Der RSD macht es zusätzlich den einheimischen Reiseleitern zur Bedingung, dass nur Geschäfte in den Reiseverlauf aufgenommen werden, die den Kunden ein einjähriges Rückgaberecht aller gekauften Waren einräumen, so versichert jedenfalls der Geschäftsführer.

Internationale Verflechtung

Verflochten ist Djewels ganz eng mit Saphir Djewels Marokko in Marrakesch. Es verwendet ähnliche Logos. Auch Saphir Djewels garantiert den Umtausch innerhalb von 5 Jahren, genau wie Djewels. Dr. Ates Kaya hat mir, als ich den Solitär bei ihm im Schmuckcenter von Antalya kaufte, „versehentlich" Karat des Steins und des Goldes auf einen Vordruck von Saphir Djewels handschriftlich geschrieben. Vielleicht aber tat er es auch absichtlich, weil der Betrug von vornherein geplant war. Sollte ich reklamieren und das Gericht einschalten, konnte ich nicht einmal nachweisen, dass ich den Solitär in Antalya gekauft hatte. Das Zertifikat wies auf Marokko hin, wo ich zwar auch hinreiste, aber erst zwei Jahre später. Immerhin, dieses Zertifikat von Saphir Djewels dokumentiert, dass Dr. Kaya auch ein Anteilseigner dort ist.

Dubai

Ein englisches Ehepaar, das teure Brillanten im Schmuckzentrum in Dubai gekauft hatte, und zu Hause merkte, dass es betrogen worden war, stellte seinen Fall ins Internet. Es machte in Dubai eine Anzahlung von 6.000 mit der Kreditkarte und musste den Rest auf ein Konto der Firma Dubai Djewels, Almere, Niederlande überweisen. Das war interessanterweise dasselbe Konto, auf das auch ich die fehlenden 20.000 € in Raten überweisen musste. Also auch Dubai Djewels gehört zum Imperium des Dr. Kaya.

Raiffeisen Schweiz Genossen

Es ist das Konto auf einer Schweizer Bank, die seriöser und vertrauenerweckender nicht sein könnte, also keineswegs eine Großbank wie UBS oder Crédit Suisse, wo die Potentaten der Welt ihre Milliarden horten, sondern ganz volksnah und bodenständig: Raiffeisen Schweiz Genossen.
Es ist die Kontonummer:
IBAN CH91 811 770 0000 2424 222

Zahlungsempfänger

Als Zahlungsempfänger musste in beiden Fällen, also von den Engländern in Dubai und von mir in Antalya als Zahlungsempfänger angegeben werden: ReMaSe AG Luzern. Mithilfe von Google findet man dazu sogar eine Adresse 6003 Luzern, Winkelriedstraße 35 und die Nummer im Handelsregister CH 100,3 793,662 – 8.

GmbH

Es handelt sich um eine GmbH. Doch es ist nicht leicht sich ein Bild von dieser Aktiengesellschaft zu machen. Nach langem Suchen findet man heraus, dass sie lediglich aus dieser Kontonummer bei der Raiffeisen besteht. Es kann sein, dass auch noch ein Briefkasten in Luzern in der Winkelriedstraße 35 angebracht ist, wo die Bankauszüge hingeschickt werden können. Außerdem erfährt man, dass diese Gemeinschaft mit beschränkter Haftung mit einem Kapital von 50.000 ausgestattet ist. Sie wurde eingetragen am 29.11.2011 und erbringt Dienstleistungen im Bereich Reise und Marketing. Sie untersteht keiner örtlichen Revision. Da die Kontobewegungen aber offensichtlich doch so umfangreich sind, wurde eine Person beauftragt als Geschäftsführer die Kontobewegungen zu überwachen und das eingezahlte Geld weiterzuleiten. Ich fand den Namen Karl Vogler, wohnhaft in Lungern, Hergiswil. Die Geschäftsführer wechseln aber ständig und eine Auskunft über Geldtransfer ist daher prinzipiell unmöglich.

Wozu Remase AG Luzern?

Weswegen hat Djewels dieses Konto eingerichtet? Ich hätte die Raten für den Brillanten doch einfach auf eines ihrer Konten in Antalya überweisen können. Warum dieser Umweg? Die einzige Erklärung für mich ist, dass Djewels die Geldbewegungen verschleiern will. Ich kann also nicht einmal nachweisen, dass die 20.000 € für den Brillanten bei Dr. Kaya angekommen sind. Auch die Anzahlung von 10.000 €, die Dr. Kaya über meine Kreditkarten abgebucht hat kann ich nicht nachweisen, da er keine Quittung dafür ausgestellt hat.

Verschlüsselung

Als Verwendungszweck für meine Ratenzahlungen musste ich angeben,
14 Z MO 5595
Der Endabnehmer, in meinem Fall der Herr „Generaldirektör" Dr. Ates Kaya, kann daraus entnehmen von wem und für was die Überweisung stammt. Evtl. kann auch schon der Schweizer Geschäftsführer erkennen, ob er das Geld an Antalya, Dubai, Marrakesch oder neuerdings sogar nach Neu-Delhi weiterleiten muss. Es hat dort den Namen Djewels-Diamond Jewellery, rings, solitaires.

Servicetelefon 0911/2059966

Es gibt in Nürnberg ein Rechtsanwaltsbüro, das sich spezialisiert hat auf Betrugsfälle, die mit Djewels in Antalya zusammenhängen. Die Anwälte werben damit, dass es ihnen in einzelnen Fällen sogar gelungen ist, Kaufverträge ihrer

Kunden zu annullieren und in manchen Fällen haben Kunden sogar ihre Anzahlung zurückbekommen. Ich habe dort angerufen. Mein Fall wäre dort allerdings aussichtslos. Erstens ist er verjährt und zweitens hätte ich den Kaufvertrag und die bezahlten Quittungen dem Büro zuschicken müssen. Ohne solche Unterlagen geht vor Gericht nichts. Ich habe von Dr. Kaya jedoch von allem Anfang an gar keinen Kaufvertrag bekommen und auch für die von den Kreditkarten abgebuchten Beträge wurden keine Quittungen ausgestellt. Ohne jeden Beleg vor Gericht würde ich mit leeren Händen dastehen. So einen Fall zu vertreten, wäre aussichtslos und braucht von vorneherein erst gar nicht versucht werden.

Neuerlicher Betrug

Am 01. April dieses Jahres, also 01.04.2019, kam ein Telefonanruf des Dr. Kaya, ich möge ihm doch bitte aus der Patsche helfen. „Wir hatten hier eine Razzia, und auch alten Auftragsbücher wurden untersucht. Ich konnte für ihren Solitär keine Zollbescheinigung vorweisen. Eine Strafe wegen Zollvergehens von 300.000 € erwartet mich. Das Schlimme ist, dass noch sechs weitere Fälle aufgedeckt wurden. Ich habe den Beteiligten schon angerufen. Mit ihrer Mithilfe lässt sich das Problem aber lösen. Bei zwei Fällen ist mir das schon fast gelungen."

Absurde Geschichte

Dann tischte er mir eine ganz unlogische Verquickung von Zusammenhängen auf. Durch Zuschaltung einer angeblichen Zollbeamtin, Frau Ayla, wollte er der unsinnigen Geschichte mehr Glaubwürdigkeit verschaffen. Er war so verzweifelt, dass ich schließlich die erbettelte Summe von 33.512,00 € überwiesen habe.

Per E-Mail bestätigte er, dass die Firma von innerhalb 3 Tagen die gesamte Summe rücküberweisen würde, was natürlich nicht erfolgte. Ich werde diesen Sachverhalt, der in der ersten Kriminalgeschichte ausführlicher dargestellt ist, hier im zweiten Krimi erneut abdrucken, zum besseren Verständnis.

Rechtsanwaltsbüro in Nürnberg

Dieser neuerliche Betrugsfall ist nicht verjährt, und das Rechtsanwaltsbüro kennt eine Menge ähnlicher Fälle: „Es ist ein großes Problem von Djewels in Antalya", so wurde mir telefonisch mitgeteilt, dass „ehemalige Mitarbeiter des Schmuckcenters Daten und Adressen von Kunden mitgenommen haben und in genau derselben Weise nachträglich nochmal Geld für sich herauszuschlagen." Diese Fälle müssen gesondert behandelt werden. Es hat mit den überhöhten Preisen von Djewels nicht unmittelbar zu tun. Das war die Auskunft des Büros.

Auskunft von Djewels

Ein Telefonanruf dort ergab ein ähnliches Ergebnis. Es stimme, so teilt man mir mit, dass sehr viele betrügerische Anrufe im Namen von Djewels an ehemalige Kunden gingen. Da habe aber mit dem Schmuckcenter selber nichts zu tun. Wenn ich den Fall vor ein türkisches Gericht bringen würde, dann würde Djewels alles dafür tun, um mir beizustehen und den Fall aufzuklären. Das einzige was ich allerdings vor Gericht vorlegen könnte, sind die Geldüberweisungen an die türkische Bank. Telefonanrufe und E-Mails sind total wertlos.

Yapi Bank Denizli

Es ist die viertgrößte Privatbank der Türkei und wohl seriös wie die Raiffeisenbank in Luzern. Allerdings ist das große Problem, wer verbirgt sich hinter dem Namen Soner (Nachname) Aykut (Vorname) der als Kontoeigner angegeben ist. Die Kontonummer ist:
IBAN TR45 0006 7010 0000 0056 9953 24
Vielleicht steht hinter diesem Namen, der sicher nicht in direkter Verbindung mit Dr. Kaya steht, ebenfalls eine Aktiengesellschaft, GmbH, wie ReMaSe AG Luzern. Sicher sind die Geldtransfers genauso verschlüsselt, so dass sie nicht nachverfolgt werden können.
Als Verwendungszweck sollte angegeben werden:
Lieferschein 01.04.2019 für Teppich und Schmuck.
Dass das genauso angegeben wird war Dr. Kaya so wichtig, dass er ein Fax der Überweisung anforderte. Er hat die Weiterleitung des Geldes an ihn also so verklausuliert, dass er sein Inkognito nicht preisgeben muss.
Es muss ihm ja klar gewesen sein, dass eine Strafanzeige erfolgt nach seinem Betrug.

Trotzdem

Trotzdem, war es nicht doch eine Dummheit, dass Dr. Kaya, der mit Sicherheit in der Chefetage des Schmuckcenters in Antalya sitzt, sich einen Aprilscherz erlaubt hat, der den Ruf des Schmuckcenters auf jeden Fall schädigt.

Die reale Person Dr. Kaya

Wenn auch so gut wie keine vor Gericht verwertbaren Indizien vorliegen, so ist doch klar, dass eine reale Person mit viel Vollmacht ausgestattet und die sich Dr. Kaya nennt, mich im Oktober 2014 betrogen hat. Dass genau diese Person mich am 01.04.2019 mit einem Telefonanruf ein zweites Mal geschädigt hat, das ist vollkommen unzweifelhaft.

Selbstsicherheit

Woher nimmt Dr. Kaya dieses Selbstvertrauen, dass er unerkannt bleiben wird. Da ich sicher nicht der einzige war, der die Chance hatte, vom Chef persönlich betrogen zu werden, werden auch andere sich an diesen Profibetrüger erinnern. Wenn sie meine Schilderung lesen, wie er mich zum Kauf eines Solitärs überredet hat, dann kommen ihnen sicher Erinnerungen, welche Taktik er bei ihnen angewendet hat. Interessant wäre für mich zu erfahren in welche Rollen Dr. Kaya schlüpfen kann. Er ist sicher nicht immer Armenier, und seine Komplizin nicht immer an Brezeln interessiert.
Ich werde die Szene, die in der Kriminalgeschichte „RSD – Reiseservice" ausführlich dargestellt ist auch hier nochmal abdrucken.

Auszug aus der Kriminalgeschichte RSD-Reiseservice

Solitär

Zwei junge Frauen, Freundinnen, die diese Reise schon gemeinsam angetreten hatten, saßen im Bus mit mir in derselben Reihe. Wir hatten uns schon viel gemeinsam unterhalten und viel miteinander gelacht. Denen gestand ich, meine Schwäche für schöne Juwelen, und bat sie, mich zu unterstützen, damit ich nicht nochmal Dummheiten mache, die mein Budget überschreiten. Wir gingen auch tapfer an all den Juwelen vorüber, bis mir ein Solitär mit einem großen funkelnden Brillanten in die Augen stach. Ich wollte ihn unter keinen Umständen kaufen, aber es hat mich einfach interessiert, was so ein Stein kostet. Neben jedem großen Schaukasten ist ein kleines Büro, in dem eine Kundenberaterin Auskünfte über die ausgestellten Schmuckstücke gibt. Da wollte ich nur den Preis erfragen. Die beiden riefen mir noch nach: „Vergessen Sie nicht, Sie wollen nicht kaufen". Alles vergeblich. Das Verhängnis nahm seinen Verlauf.

Eine Türkin aus Reutlingen

Als die sympathische junge Türkin merkte, dass mir der Brillantring gefiel, war sie nicht mehr abzuschütteln. Ihr schwäbisch mit türkischem Akzent war sehr ansprechend. Sie habe viele Jahre in Reutlingen gewohnt und... und... und... Was sie in der Türkei am meisten vermisst, sind die guten schwäbischen Brezeln. Das nächste Mal muss ich ihr unbedingt welche mitbringen.

Preis

Ja, und was kostet dieser Solitär? Den Preis wollte sie nicht sogleich herausrücken. Wir haben sehr schöne Brillanten, wesentlich billiger. Wollen Sie diese nicht wenigsten mal anschauen? Eigentlich nicht! Ich wollte nur den Preis, speziell von diesem Brillanten erfahren. Nun, er ist sehr teuer. Ein einmaliges Exemplar, was Klarheit und Schliff betrifft. Er kostet

72.000,00 €. Wow! Mir verschlug es die Sprache. Das lag weit außerhalb all meiner Möglichkeiten. Zudem wollte ich ihn ja sowieso nicht kaufen. Ich bedankte mich für die Auskunft und wollte gehen.

Dr. Kaya

Aber so einfach ging das nicht. Warten Sie, warten Sie! Heute ist ein ganz besonderer Tag. Der Besitzer des Schmuckcenters ist heute ausnahmsweise selbst anwesend. Er kann ihnen Konditionen einräumen, die uns nicht erlaubt sind. Es konnte keine Konditionen geben, die mich dazu gebracht hätten, einen so teuren Brillanten zu kaufen. Aber da stand Dr. Kaya auch schon unter der Tür und stellte sich vor.

Nicht kaufen!!

Er erzählte mir von seinem Unternehmen und seinen vielen Filialen. Ich konnte mich nicht entziehen, ohne unhöflich zu sein. Er war mir hinterhergelaufen und hatte uns belauscht, ohne von uns bemerkt zu werden. Als die zwei Freundinnen gemeinsam noch zuriefen „nicht kaufen". Darüber habe er sich sehr geärgert. Diese Bemerkung von ihm fand ich unpassend.

Ein Armenier

Aber anschließend erzählt er so spannend über sich, dass ich doch interessiert zuhörte. Er sei Armenier, lebe inzwischen vorwiegend aber in Istanbul. Armenier seien immer noch unbeliebt in der Türkei, deshalb habe er dort einen türkischen Namen. Er trug kein Namensschildchen, dort wäre wahrscheinlich der türkische Namen gestanden. Er hatte es vorher abgenommen, aber befürchtet, ich hätte es vielleicht schon lesen können. Er brauchte eine Erklärung dafür, dass er sich jetzt mit seinem armenischen Namen Dr. Kaya vorstellte. Er hatte noch Landbesitz im Ursprungsland der Armenier, in der Nähe des Van-Sees in Ostanatolien, wo zu Beginn des 1. Weltkriegs der Aufstand der Armenier gegen den Sultan stattfand, und von wo dann die Flüchtlingskolonne in Richtung des Wüstengebiets im Norden Syriens in Gang gesetzt wurde.

Flüchtlingskolonne

Von dieser Flüchtlingskolonne, vom türkischen Militär erzwungen, kamen nur wenige in Musa Dagh an. Die meisten starben vor Entkräftung vorher, verhungerten, oder fielen auch Massakern zum Opfer, die von türkisch-stämmigen Dörfern aus stattfanden, um die geringen Habseligkeiten der Zwangsdeportierten an sich zu bringen.

Völkermord

Ich wusste von diesem Ereignis, das ja bis heute umstritten ist. Die Türkei will offiziell diese Deportation und die vielen Toten nicht als Völkermord anerkennen. Es gab eine große Verstimmung zwischen Erdogan und Deutschland, als der Bundestag diese Vertreibung der Armenier aus ihrem Stammgebiet offiziell als Völkermord deklarierte. Deshalb fragte ich ihn, ob er private Erinnerungen in seiner Familie von diesem Ereignis habe, und wie es komme, dass er noch Ländereien dort besitze?

Waisenkinder

„Oh es gibt noch mehrere tausend Armenier dort. Sie wollen allerdings nicht als solche erkannt werden. Sie tragen türkische Kleidung und es gibt dort auch keine christlichen Kirchen mehr. So unterscheiden sie sich durch nichts von den Muslimen. Es sind die Nachfahren armenischer Waisenkinder, die von türkischen Familien aufgenommen wurden. Und das zu Tausenden, was kaum bekannt ist. Mein Großvater gehörte auch dazu. Er war 1915 zehn Jahre alt, als beide Eltern umkamen. Wer aber heute Karriere machen will, muss nach Istanbul umziehen, wie ich, und nimmt einen türkischen Namen an.“

Erika

Diese familiären Erinnerungen brachten ihn dazu ganz persönlich zu werden. Er sei vor einer Woche, obwohl schon 60 Jahre alt, erstmals Vater geworden. Dem Mädchen habe er einen deutschen Vornamen gegeben: Erika. Das harmoniere doch vorzüglich zum Nachnamen: Erika Kaya. Er wurde so gerührt, dass er mir eine goldene Kette schenken wollte, damit ich an seiner Freude teilnahmen könne, und das ungeachtet der Tatsache, ob ich den Brillanten kaufe oder nicht. Die eifrige Kaufberaterin aus Reutlingen brachte auch gleich eine schwere, mit Edelsteinen verzierte Halskette herbei. Offizieller Preis 3.000 €. Das konnte ich selbstverständlich nicht annehmen.

Einladung

Er lachte „Die Deutschen sind unverbesserliche Prinzipienreiter. Sie können nicht einmal ein Geschenk annehmen. Ich lade Sie ein. Seien Sie mein Gast auf meinem Landsitz, am Fuß des Ararat. Ich zeige Ihnen, dass man das Leben genießen darf. Ich wette, Sie haben ein Leben lang gespart und hinterlassen ein Vermögen, ohne sich je etwas gegönnt zu haben. Dabei ist die einzige Sünde, die man in diesem Leben machen kann, Geld zu hinterlassen, das man nicht ausgegeben hat. Das bedeutet nämlich, es war und ist vollkommen nutzlos".

Geschäftssinn

Natürlich durschaute ich seine Argumentation und erwiderte meinerseits ebenfalls lachend: „Man sagt, die Armenier seien mehr als tüchtige Geschäftsleute". Lachend bestätigte er: „Ja das stimmt, ein Armenier nimmt es mit jedem Juden auf. Ich stecke zehn Juden in den Sack". Das glaubte ich ihm, ohne zu merken, dass er im Begriff war, mich dazu zu stecken.

Warum nicht?

„Der Solitär gefällt Ihnen. Und das Geld haben Sie auch. Also warum kaufen Sie ihn dann nicht?" Ja nun, so ganz stimmte das nicht. Gerade vorhin hatte ich einen Seidenteppich gekauft, der eigentlich auch über meinem Budget lag. Im Moment hatte ich das Geld in bar dazu überhaupt nicht. Im Grunde ärgerte ich mich, dass ich mich rechtfertigen musste, weil ich den Ring nicht kaufen wollte. Die Aufdringlichkeit von Dr. Kaya war eigentlich eine Unverschämtheit.

Telefonate mit Antwerpen

„Warten Sie, ich muss mich mit der Diamantschleiferei absprechen. Der Brillant ist nummeriert, und dort können sie mir sagen, um wie viel ich den Preis reduzieren kann". Er ging in einen Nebenraum, um zu telefonieren." Sie können sich diese Mühe sparen, ich kaufe diesen Ring nicht".

Frau Ayla

Frau Ayla schaltete sich ein. Die Kundenberaterin. Sie hatte damals allerdings einen anderen Namen, an den ich mich nicht mehr erinnere. „Bedenken Sie, es ist die sicherste Geldanlage. Unser Geldsystem geht über kurz oder lang sowieso bankrott. Am beständigsten aber bleibt der Wert von Diamanten, mehr noch als von Gold. So ein kleiner Stein kann auch am besten versteckt werden. Manche Jüdin, die das KZ überlebt hat, konnte ihre teuersten Diamanten retten, indem sie sie verschluckt und nachher wieder „herausgepuhlt" hat."

Halber Preis

Dr. Kaya kam zurück. Strahlend. Antwerpen ist einverstanden mit dem halben Preis, also statt
72.000 € nur 36.000 €.
Man sagt ja allgemein, man solle feilschen, vom Anfangsangebot die Hälfte sei eine faire Sache. Ich war allerdings nicht einverstanden. 36.000 € war mir immer noch zu hoch.
„Gut! Handschlag! Ich mache das schlechteste Geschäft meines Lebens. 30.000 € und der Stein gehört Ihnen".

Unlimited

Meine Mastercard und meine TUI Card waren limitiert auf je 5.000 €. Mein persönlicher Berater bei der KSK hatte mir dazu geraten. „Falls Sie die Kreditkarten verlieren oder sie Ihnen gestohlen werden, dann ist der Schaden wenigstens begrenzt." Im Jahr vorher hatte ich im selben Schmuckgeschäft meine Kreditkarten mit 18.000 € belastet. Dazu kamen 1.000 € im Ledergeschäft und 1.000 € für einen Teppich. Mein ehrlicher Bankberater wollte wahrscheinlich verhindern, dass ich nochmal so unüberlegt Geld ausgeben. Er hat allerdings viel dezenter formuliert.

Ratenzahlung

Wegen des Teppichkaufs, der in voller Höhe bei der Zustellung des Teppichs bezahlt werden musste, so war ausgemacht, wusste ich, dass mir auf jeden Fall 20.000 € noch fehlen. Und Schulden zu machen, für einen Stein den ich gar nicht wollte, das kam überhaupt nicht in Frage. Da schlug Dr. Kaya vor, „Sie haben ja auch monatliche Einnahmen. Wenn Sie zehn Ratenzahlungen zu je 2.000 € machen, dann ist der Solitär bezahlt". Er holte noch eine teure Uhr, angeblich im Wert von 2.000 €, die ich gar nicht wollte. Im Internet habe ich nachgeforscht, sie wird dort um 500 € angeboten.

Vertrauensbeweis

Als besonderen Beweis seines Vertrauens gab er mir sein privates Konto bei einer Schweizer Bank preis. Dieses ungewöhnliche Geschäft konnte natürlich nicht offiziell über das Schmuckcenter laufen, sondern musste ganz privat abgehandelt werden. Er gab mir als Kontonummer an:
BIC RAIFCH22B77 RAIFFEISEN SCHWEIZ GENOSSEN,
IBAN CH91 8117 7000 0024 2422 2,
Zahlungsempfänger: ReMaSe AG Luzern (das seien die Firmen, die ihm gehören),
Verwendungszweck: 14 Z MO 5595.

Ich schaute den Solitär nochmal an, er war wirklich mehr als schön, und so machte ich die Dummheit meines Lebens.

Restaurantbesuch

Wie im Vorjahr wurde ich auch dies Mal wieder mit einem Chauffeur in ein sehr elegantes Restaurant gefahren. Es lag direkt am Meer, nur durch die Uferpromenade vom Strand getrennt. Ein Garten mit exotischen Pflanzen lud bei spätsommerlicher Temperatur zum Draußen-Essen ein. Dr. Kaya entschuldigte sich, er habe noch so viele Termine. Aber eine hübsche junge Türkin gab er mir als Begleiterin mit, mit der ich mich blendend unterhalten konnte.

Ende des Nachdrucks

Angebot

Es müsste meiner Meinung nach im eigenen Interesse von Djewels, Antalya sein, herauszufinden, wer dieser Dr. Kaya ist. Er ist mit Sicherheit noch Geschäftsführer des Schmuckcenters und die Firma ist im Zugzwang darzulegen, dass sie ein seriöses Unternehmen ist. Ich habe Djewels angeboten die erste Kriminalgeschichte vom Markt zu nehmen, wenn sie diesen „Dr. Kaya" veranlasst, mir die Summe, um die er mich betrogen hat, zurück zu überweisen, sowie den Differenzbetrag zwischen dem Wert des Solitärs und den überwiesenen 30.000 €.

In diesem Fall würde ich auch die Strafanzeige zurückziehen und auch die zweite Kriminalgeschichte „Djewels – Schmuckcenter – Antalya und der „Generaldirektör" Dr. Ates Kaya" vom Markt nehmen.

Meine Prognose

Dr. Kaya wird abwarten. Die Kriminalgeschichte hat nur Wirkung, wenn sie in hoher Anzahl bekannt wird. Im Zeitalter der sozialen Medien kann das schnell möglich werden. Es ist wie beim Glücksspiel. Dr. Kaya, der so stolz ist, dass er „10 Juden in einen Sack stecken kann" würde eine Rücküberweisung sicher als eine verlorene Runde bewerten, was er als eine Kränkung seines Selbstwertgefühls akzeptieren müsste. Aber vielleicht wäre es trotzdem klug von ihm.